世界吻我以痛，要我报之以歌

李家同 著

贵州出版集团
贵州人民出版社

图书在版编目（CIP）数据

世界吻我以痛，要我报之以歌 / 李家同著. -- 贵阳：贵州人民出版社, 2020.12
 ISBN 978-7-221-15876-5

Ⅰ. ①世… Ⅱ. ①李… Ⅲ. ①故事-作品集-中国-当代 Ⅳ. ①I247.8

中国版本图书馆CIP数据核字(2020)第249423号

版权贸易合同审核登记图字：22-2020-160号

世界吻我以痛，要我报之以歌

李家同 /著

选题策划：	京贵传媒
责任编辑：	刘旭芳
装帧设计：	刘 霄
出版发行：	贵州出版集团
	贵州人民出版社
	（贵阳市观山湖区会展东路SOHO办公区A座）
邮　编：	550001
印　刷：	鑫艺佳利（天津）印刷有限公司
开　本：	710mm×1000mm 1/16
印　张：	13.5
字　数：	110千字
版　次：	2020年12月第1版
印　次：	2020年12月第1次印刷
书　号：	ISBN 978-7-221-15876-5
定　价：	68.00元

版权所有，盗版必究。
本书如有印装问题，请与出版社联系调换。

再版说明

《世界吻我以痛,要我报之以歌》由中国台湾著名教育家李家同在网络上传播最广、点击率最高的9个故事结集而成。每个故事配有知名插画师绘制的精美插图,力求为读者呈现最好的阅读体验,带领读者更深入地品味李家同先生这些感人至深的文字与故事中悲天悯人的情怀。

本书作品主题鲜明,内容积极向上,自2016年在中国内地出版以来,深受读者喜爱。但因为初版出版时间较为仓促,现已不能满足当下读者的阅读和审美需求。本次再版,无论是在内容还是装帧上都较初版有较大提升,希望读者喜欢。

书中个别故事里的人物具有宗教背景,其主题思想并无宣扬宗教的倾向,而是试图通过他们所具有的高贵品格倡导以人为本、自由平等、博爱无私等人道主义精神,符合时代精神和发展主旋律,故特作此说明。

编者

目 录

1
车 票

29
来自远方的孩子

57
太阳下山回头看

75
三个孩子的故事

101
钟声又再响起

127
山谷里的丁香花

151
屋 顶

171
苹 果

193
我是谁

车票

绘画◎钟伟明

钟伟明

1961年生于基隆市。曾获经济部漫画比赛佳作奖。

自1986年起,成为全职插画工作者。

曾出版过30本绘本和102本丛书、套书,并绘制过教材插画及专栏插画,作品散见于各报章杂志。

前言

《车票》原是我小说集《让高墙倒下吧》中的一篇文章,很多人看了很有感触,网络上更是到处传阅,这个故事还在2008年拍成了电影,现在透过插画家的巧手,又转化成一本精美的绘本,传达了不同的感受。

人生中有很多始料未及的事,很多以为好的或不好的事情,事实上很难一下就做判定。就如同这个故事一样,主角是个弃婴,但是他在收养中心受到修女无私的教养,不仅为他提供一个可以专心学习的好环境,同时也培养了音乐素养。反观他的亲哥哥,虽在原生家庭成长,一直与亲生父母共同生活,但是却因为家庭环境的关系,致使无法升学,甚至导致成长过程中有许多波折。每个人都应该惜福,珍惜你现在所能拥有的。有了惜福的心,才有办法更进一步去关怀别人,希望这册绘本可以跟你一起传达爱,共同去发挥关怀的力量。

李家同

4 / 世界吻我以痛，要我报之以歌

我从小就怕过母亲节,因为我生下后不久,就被母亲遗弃了。

我生下一个多月,就被人在新竹火车站发现,车站附近的警察们慌作一团地替我喂奶。这些大男生找到一位会喂奶的妇人,要不是她,我恐怕早已哭出病来了。等到我吃饱了奶,安详睡去,这些警察伯伯轻手轻脚地将我送到了新竹县宝山乡的德兰中心,让那些成天笑嘻嘻的天主教修女伤脑筋。

我没有见过我的母亲,小时候只知道修女们带我长大。晚上其他的大哥哥、大姐姐都要念书,我无事可做,只好缠着修女,她们进圣堂念晚课,我跟着进去,有时钻进祭台下面玩耍,有时对着在祈祷的修女们做鬼脸,更常常靠着修女睡着了,好心的修女会不等晚课念完,就先将我抱上楼去睡觉。我一直怀疑她们喜欢我,是因为我给她们一个溜出圣堂的大好机会。

我们虽然都是家遭变故的孩子，可是大多数都仍有家，过年、过节，叔叔、伯伯甚至兄长都会来接，只有我，连家在哪里，都不知道。

也就因为如此，修女们对我们这些真正无家可归的孩子们特别好，总不准其他孩子欺侮我们。我从小功课不错，修女们更是找了一大批义工来做我的家教。

屈指算来，做过我家教的人真是不少，他们都是研究生和教授，还有工研院、园区内厂商的工程师。

教我理化的老师，当年是博士班学生，现在已是副教授了；教我英文的，根本就是位正教授，难怪我从小英文就很好了。

修女也逼着我学琴，小学四年级，我已担任圣堂的电风琴手，弥撒中，由我负责弹琴。由于我在教会里所受的熏陶，我的口齿比较清晰，在学校里，我常常参加演讲比赛，有一次，还担任毕业生致辞的代表，可是我从来不愿在庆祝母亲节的节目中担任重要的角色。

我虽然喜欢弹琴，可是永远有一个禁忌，不能弹母亲节的歌。我想除非有人强迫我弹，否则我绝不会自己去弹的。

我有时也会想，我的母亲究竟是谁？看了小说以后，我猜自己是个私生子。爸爸始乱终弃，年轻的妈妈只好将我遗弃了。

大概因为我天资不错，再加上那些热心家教的义务帮忙，我顺利地考上了新竹省中，大学联招也考上了成功大学土木系。

在大学的时候，我靠工读完成了学业，带我长大的孙修女有时会来看我，我的那些大老粗型的男同学，一看到她，马上变得文雅得不得了。很多同学知道我的身世以后，都会安慰我，说我是由修女们带大的，怪不得我的气质很好。毕业那天，别人都有爸爸妈妈来，我的唯一亲人是孙修女，我们的系主任还特别和她照相。

服役期间,我回德兰中心玩,这次孙修女忽然要和我谈一件严肃的事,她从一个抽屉里拿出一个信封,请我看看信封里的内容。

信封里有两张车票,孙修女告诉我,当警察送我来的时候,我的衣服里塞了这两张车票,显然是我的母亲用这些车票从她住的地方到新竹车站的。

一张公共汽车票从南部的一个地方到屏东市;另一张火车票是从屏东到新竹,这是一张慢车票,我立刻明白我的母亲不是有钱人。

孙修女告诉我,她们通常并不喜欢去找出弃婴的过去身世,因此她们一直保

留了这两张车票，等我长大了再说，她们观察我很久，最后的结论是我很理智，应该有能力处理这件事了。她们曾经去过这个小城，发现小城人极少，如果我真要找出我的亲人，应该不是难事。

我一直想和我的父母见一次面，可是现在拿了这两张车票，我却犹豫不决了。我现在活得好好的，有大学文凭，甚至也有一位快要谈论终身大事的女朋友，为什么我要走回过去，去寻找一个完全陌生的过去？何况十有八九，找到的恐怕是不愉快的事实。

孙修女却仍鼓励我去，她认为我已有光明的前途，没有理由让我的身世之谜永远成为心头的阴影。她一直劝我要有最坏的打算，即使发现的事实不愉快，也应该不至于动摇我对自己前途的信心。

我终于去了。

这个我过去从未听过的小城,是个山城,从屏东市要坐一个多小时的公交车,才能到达。虽是南部,但因为是冬天,总有点山上特有的凉意。小城的确小,只有一条马路、一两家杂货店、一家派出所、一家镇公所、一所小学、一所中学,然后就什么都没有了。

我在派出所和镇公所里来来回回地跑,终于让我找到了两份与我似乎有关的资料,第一份是一个小男孩的出生资料,第二份是这个小男生家人来申报遗失的资料,遗失就在我被遗弃的第二天,出生则在一个多月以前。据修女们的记录,我被发现在新竹车站时,只有一个多月大。看来我找到我的出生资料了。

问题是:我的父母都已去世了,父亲六年前去世,母亲是几个月以前去世的。我有一个哥哥,这个哥哥早已离开小城,不知何处去了。

毕竟这是个小城,谁都认识谁,派出所的一位老警员告诉我,我的妈妈一直在那所中学里做工友,他马上带我去看中学的校长。

校长是位女士,非常热忱地欢迎我。她说的确我的妈妈一辈子在这里做工友,是一位非常慈祥的老太太,我的爸爸非常懒,别的男人都去城里找工作,只有他不肯走,在小城做些零工,小城根本没有什么零工可做,因此他一辈子靠我的妈妈做工友过活。因为不做事,心情也就不好,只好借酒浇愁,喝醉了,有时打我的妈妈,有时打我的哥哥。事后虽然有些后悔,但积习难改,妈妈和哥哥被闹了一辈子,哥哥在初中二年级的时候,索性离家出走,从此没有回来。

这位老妈妈的确有过第二位儿子，可是一个月大以后，神秘地失踪了。

校长问了我很多事，我一一据实以告，当她知道我在北部的孤儿院长大以后，她忽然激动了起来，从柜子里找出了一个大信封，这个大信封是我母亲去世以后，在她枕边发现的，校长认为里面的东西一定有意义，决定留下来，等她的亲人来领。

我用颤抖的手，打开了这个信封，发现里面全是车票，一套一套从这个南部小城到新竹县宝山乡的来回车票，全部都保存得好好的。

校长告诉我，每半年我的母亲都会到北部去看一位亲戚，大家都不知道这亲戚是谁，只感到她回来的时候心情就会很好。母亲晚年信了佛教，她最得意的事是说服了一些信佛教的有钱人，凑足了一百万台币，捐给孤儿院，捐赠的那一天，她也亲自去了。

20 / 世界吻我以痛,要我报之以歌

我想起来，有一次一辆大型游览车带来了一批南部到北部来进香的善男信女。他们带了一张一百万元的支票，捐给我们德兰中心。修女们感激之余，召集所有的小孩子和他们合影，我正在打篮球，也被抓来，老大不情愿地和大家照了一张相，现在我居然在信封里找到了这张照片。我请校长指出哪位是我的母亲，发现她和我站得不远。

更使我感动的是我的毕业纪念册，有一页被影印了放在信封里，那是我们班上同学戴方帽子的一页，我也在其中。

我的妈妈，虽然遗弃了我，仍然一直来看我，她甚至可能也参加了我大学的毕业典礼。

校长的声音非常平静，她说："你应该感谢你的母亲，她遗弃了你，是为了替你找一个更好的生活环境，你如留在这里，最多只是初中毕业以后去城里做工，我们这里几乎很少人能进高中的。弄得不好，你吃不消你爸爸的每天打骂，说不定也会像你哥哥那样离家出走，一去不返。"

校长索性找了其他的老师来，告诉了他们有关我的故事，大家都恭喜我能从大学毕业。有一位老师说，他们这里从来没有学生可以考取大学的。

我忽然有一个冲动，我问校长校内有没有钢琴。她说她们的钢琴不是很好，可是电风琴却是全新的。

我打开了琴盖，对着窗外的冬日夕阳，我一首一首地弹母亲节的歌，我要让人知道，我虽然在孤儿院长大，可是我不是孤儿。因为我一直有那些好心而又有教养的修女们，像母亲一般地将我抚养长大，我难道不该将她们看成自己的母亲吗？更何况，我的生母一直在关心我，是她的果断和牺牲，使我能有一个良好的成长环境，以及光明的前途。

我的禁忌消失了，我不仅可以弹所有母亲节的歌曲，我还能轻轻地唱，校长和老师们也跟着我唱，琴声传出了校园，山谷里一定充满了我的琴声。在夕阳里，小城的居民们一定会问，为什么今天有人要弹母亲节的歌？

对我而言，今天是母亲节，这个塞满车票的信封，使我从此以后，再也不怕母亲节了。

26 / 世界吻我以痛，要我报之以歌

绘者感言

当初接到李校长《车票》的文字稿时，内心就有一种好温暖的感觉，似乎已感受到这是充满浓浓的爱的一本书。

果然，阅读整篇文章之后，一幅幅的图画画面便浮现在眼前，文字走到哪里，画面就跟到哪里。如慈悲的孤儿院修女、火车站、热心的警察先生等主角成长的环境与成长中所得到的照顾，以及主角回到出生的环境去寻找亲生母亲，由他人之口娓娓道出母亲当时抛弃孩子的原因及心路历程，是为了让孩子逃离恶劣的家庭环境，期盼他能得到更多的爱。这样的牺牲令人难以想象，主角的母亲是如何忍受内心的挣扎与煎熬的……

在这个故事里我们可以看见，在万般不得已的状况下，主角离开了家，身边也没有了父亲与母亲，却依然有爱他的人，依然可以在爱中成长。原来，爱是无所不在，永不止息，就看我们是否用心去体会。一个微笑是一份爱，一碗米饭是一份爱，一口呼吸是一份爱。爱是无所不在，永不止息。

钟伟明

End

来自远方的孩子

绘画◎黄匀弦（雨果Hugo）

黄匀弦
（雨果 Hugo）

朝阳科技大学视觉传达设计学士。

旋转犀牛 TR 创意公仔设计师、插画家、偶动画及立体物制作狂热份子。

1982 年生于彰化，在传统捏面工艺世家成长，喜欢阅读、绘画、音乐、电影。

生命中最重要的人是母亲，其次就是创作（连自己都排在创作后面……）。

小时候的梦想很多，后来发现真正能完成的很少。

目前正走在独立创作的路上，最快乐的事是偶尔现身在创意市集贩卖手作商品。

前言

历史,就是把发生过的事情记录下来,但是逝者已矣,过去的都过去了,记录这些又有什么意义?

其实,历史的作用,在于让人鉴往知来,藉由过去的事件,作为今人行为处世的参考借鉴——让前人的经验,可以传承下来,让发生过的错误,不要再重蹈覆辙。也因为如此,历史学家看待事情的角度变得十分重要,因为它关系着历史要传达给后人的教诲是什么。

古今中外,历史的关注对象常集中在帝王将相等皇家贵族,却忽略了广大的平民百姓,对于贫困流离的穷人,更是隐晦不提。如此一来,人们意识不到贫穷的严重性,让种种社会问题一再发生。贫穷,就像人类永远学不会的教训一样,不断在世界各地轮回流转。

《来自远方的孩子》中,巴西孩子尾随历史系教授,为的就是希望透过他来改变历史纪录的观点,以引导人们正视贫穷问题。因为视而不见其实就是一种逃避,唯有勇敢地面对这些令人难堪的穷人,我们才可能设身处地为他们着想,并积极地寻求解决办法,终结人类的苦难。

李家同

作为大学的历史系教授,即使不兼任何行政职务,仍要参加各种校内外会议。今年我总算有一个休假一年的机会,我选了普林斯顿大学作为我休假的地方。

刚来的时候,正是暑假,虽然有些暑修的学生,校园里仍显得很冷清,对我而言,这真是天堂,我可以常常在校园里散步,享受校园宁静之美。

就在此时,我看到了那个孩子,他皮肤黑黑的,大约十三四岁,一看上去就知道是中南美洲来的,他穿了T恤,常常在校园里闲逛,令我有点不解的是,他老是一个人。在美国,虽然个人主义流行,但并不提倡孤独主义,青少年老是呼朋引伴而行,像他这种永远一个人闲逛,我从来没有见过。

我不仅在校园里看到他，也在图书馆、学生餐厅，甚至书店里看到他。我好奇地注意到，他不仅永远一个人，而且永远是个旁观者。对他来讲，似乎我们要吃饭，要上图书馆等等都是值得他观察的事。可是他只观察，从不参与。比方说，我从未看到他排队买饭吃。

有一次，我到纽约去，在帝国大厦的顶楼，我忽然又看到了他，这次他对我笑了笑，露出一嘴洁白的牙齿。当天晚上，在地下铁的车子里，我又看到了他，坐在我的后面，车厢里只有我们两个人。

我开始觉得有些不可思议，他为什么老是尾随着我？

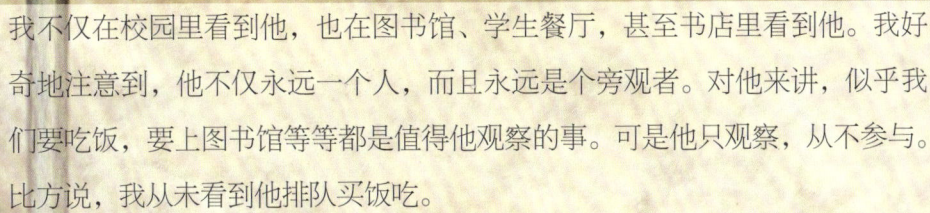

秋天来了，普林斯顿校园内的树叶，一夜之间变成了金黄色的，我更喜欢在校园内散步了，因为美国东部秋景美得令人陶醉，可是令我不解的是，这位男孩子仍在校园内闲逛，唯一的改变是他穿了一件夹克。所有的中学都已经开学了，他难道不要上学吗？如果不上学，为什么不去打工呢？

有一天，我正要进图书馆去，又见到了他，他斜靠在图书馆前的一根柱子上，好像在等我，我不禁自言自语地问："搞什么鬼，他究竟是谁？怎么老是在这里？"没有想到他回答了："教授，你要知道我是谁吗？跟我到图书馆里去，我会告诉你我是谁。"令我大吃一惊的是他竟然用中文回答我。他一面回答了我，一面大模大样地领我向查询资料的一架计算机终端机走去。我照着他的指示，启用了一个多媒体的计算机系统，几次以后，这个男孩子告诉我已找到了资料，这是一卷录像带，一按钮以后，我在终端机看到了这卷录像带，这卷录像带我看过的，去年我服务的大学举办"饥饿三十"的活动，主办单位向世界展望会借了这卷录影带来放，这里面记录的全是世界各地贫穷青少年的悲惨情形，大多数的镜头摄自非洲和中南美洲，事后我又在电视上看了一次，今天我是第三次看了。

虽然这卷录像带上的场面都很令人难过，可是我印象最深的是一个少年乞丐的镜头，他坐在一座桥上，不时地向路过的人叩头。说实话，虽然我看了两次这卷录像带，别的镜头我都不记得了，可是这个男孩子不停地叩头的镜头，我却一直记得。

大概五分钟以后，那个少年乞丐叩头的镜头出现了，我旁边的这个孩子叫我将录像带暂停，画面上只有那个小乞丐侧影的静止镜头，然后他叫我将画面选择性地放大，使小乞丐的侧影显现得非常清楚。

他说："这就是我。"

我抬起头来，看到的是一个健康的而且笑嘻嘻的孩子，我不相信一个小乞丐能够有如此大的变化。

我说："你怎么完全变了一个人？"

孩子向我解释说："自从世界展望会在巴西拍了这一段纪录片以后，全世界都知道巴西有成千上万的青少年流落街头，巴西政府大为光火，所以他们就在大城市里大肆驱逐我们这些青少年乞丐。那些警察非常痛恨我们，除了常常将我们毒打一顿以外，还会将我们带到荒野里去放逐，使我们回不了城市，很多小孩子不是被饿死，就是被冻死在荒野里。

"有一天,我忽然发现大批警察从桥的两头走过来,我看到一个孩子被他们拖到桥中间痛揍,我当时只有一条路走,那就是从桥上跳下去。"

我吓了一跳。"难道你已离开了这世界?"

他点点头。"对,现在是我的灵魂和你的灵魂谈话,至于这个身体,仅仅是个影像,并不是什么实体,我活着的时候,一直羡慕别人有这种健康的身体,所以我就选了这样的身体,你摸不到我的,别人也看不到我,也听不到我们的声音,因为灵魂的交谈是没有声音的,你难道没有注意到我的嘴唇都没有动?我其实不会中文,可是你却以为我会中文。"

我终于懂了,怪不得他从来不吃饭,现在回想起来,我其至没有看到他开过门。

虽然我在和一个灵魂谈话,我却一点也不害怕,他看上去非常友善,不像要来伤害我。

"你为什么找上我?"

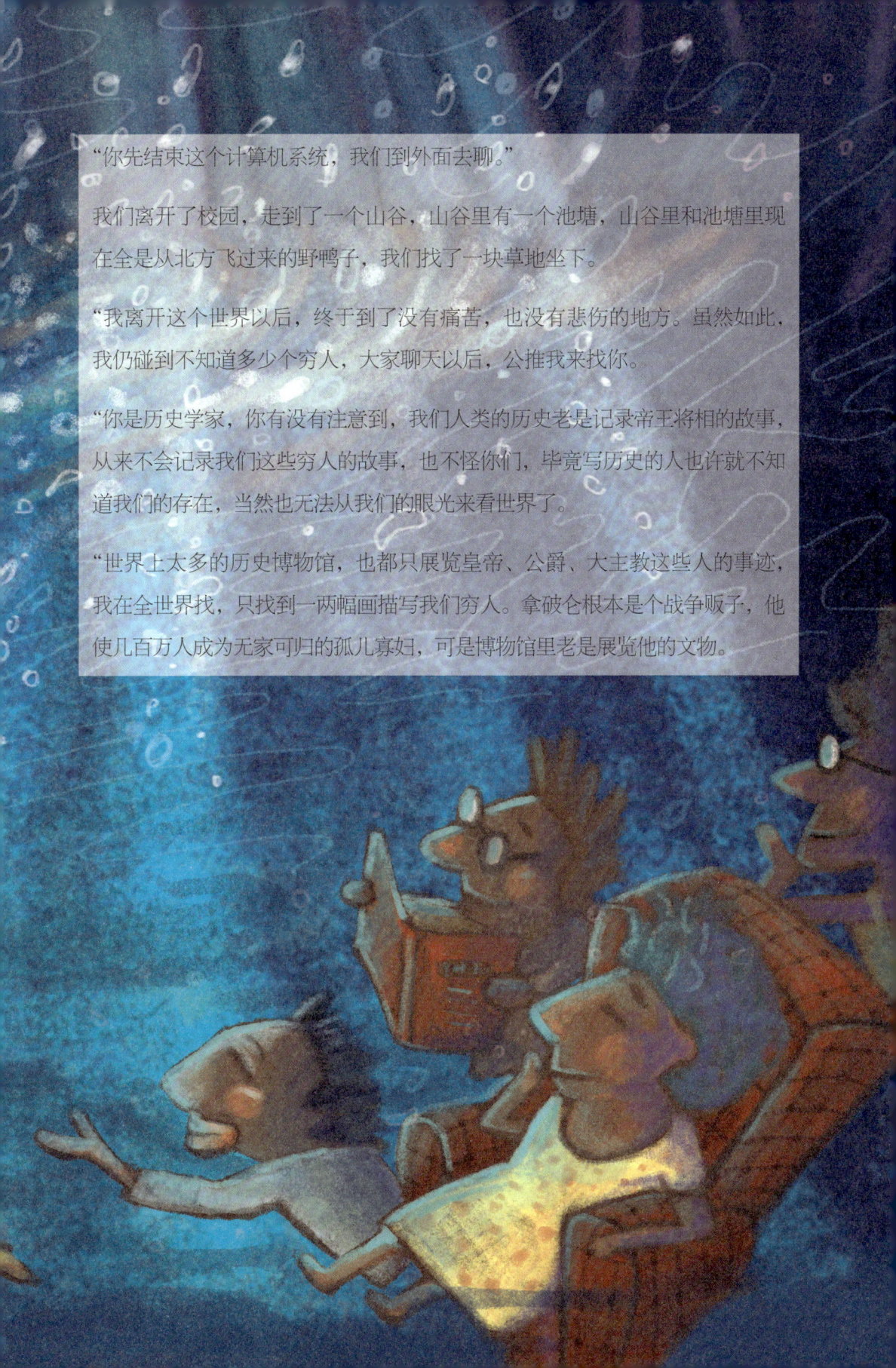

"你先结束这个计算机系统,我们到外面去聊。"

我们离开了校园,走到了一个山谷,山谷里有一个池塘,山谷里和池塘里现在全是从北方飞过来的野鸭子,我们找了一块草地坐下。

"我离开这个世界以后,终于到了没有痛苦,也没有悲伤的地方。虽然如此,我仍碰到不知道多少个穷人,大家聊天以后,公推我来找你。

"你是历史学家,你有没有注意到,我们人类的历史老是记录帝王将相的故事,从来不会记录我们这些穷人的故事,也不怪你们,毕竟写历史的人也许就不知道我们的存在,当然也无法从我们的眼光来看世界了。

"世界上太多的历史博物馆,也都只展览皇帝、公爵、大主教这些人的事迹,我在全世界找,只找到一两幅画描写我们穷人。拿破仑根本是个战争贩子,他使几百万人成为无家可归的孤儿寡妇,可是博物馆里老是展览他的文物。

"你们中国历史有名的贞观之治,在此之前,短短几十年内,你们的人口因为战乱,只剩下了百分之十。百分之九十的人都是饿死的,可是你们历史书也只轻描淡写地一笔带过这件大事。

"我最近也开始看世界地理杂志,这份杂志所描写的地球,是个无比美丽的地方,他们介绍印度的时候,永远介绍那些大理石建造的宫殿,而从来不敢拍一张印度城市里的垃圾堆,以及在垃圾堆旁边讨生活的穷人,他们介绍里约热内卢,也只介绍海滩上游泳的人,而不敢介绍成千上万露宿街头的儿童。

"你也许觉得我们的校园好美,我们现在坐的地方更加美,可是世界真的如此之美吗?你只要开车一小时,就可以到达纽泽西州的特兰登城,这个城里黑人小孩子十二岁就会死于由于贩毒而引起的仇杀,如果他不是穷人,他会在十二岁就去贩毒吗?

"我们死去的穷人有一种共识,只要历史不记载我们穷人的事,只要历史学家不从穷人的眼光来写历史,人类的贫穷就永远不会消失。我们希望你改变历史的写法,使历史能忠实地记载人类的贫困,连这些来自北方的野鸭子都有人关心,为什么穷人反而没有人关心呢?"

我明白了,可是我仍好奇,"这世界上的历史学家多得不得了,为什么你们会选我?""因为我们穷人对你有信心,知道你不会因为同情穷人而挑起再一次的阶级斗争,我们只希望世人有更多的爱,更多的关怀,我们不要再看到任何的阶级仇恨。"

我点点头,答应了他的请求。他用手势谢谢我。然后他叫我往学校的方向走去,不要回头,一旦我听到他的歌声,他就会消失了。

一会儿,我听到了一阵笛声,然后我听到了一个男孩子苍凉的歌声。有一年,我在大学的时候,参加了山地服务团,正好有缘参加了一位当地居民的葬礼。葬礼中,我听到了类似的苍凉歌声。

几分钟以后,我听到了一个女孩子的歌声也加入了,终于好多人都参加了,大合唱的歌声四面八方地传到我的脑中,我虽然听不懂歌词,可是我知道唱的人都是穷人,他们要设法告诉我,这个世界并不是像我们看到的如此之美,我现在在秋阳似酒的宁静校园里散步,我的世界既幸福又美好,可是就在此时,世界上有很多穷人生活得非常悲惨,只是我不愿看到他们而已。我知道,从此以后,在我的有生之年,每当夜深人静的时候,我就会听到这种歌声。

公元二千一百年，世界历史学会在巴西的里约热内卢开会，这次大会，有一个特别的主题，与会的学者们要向一位逝世一百年的历史学家致敬，由于这位中国台湾学者的大力推动，人类的历史不再只记录帝王将相的变迁，而能忠实地反映全人类的生活，因此历史开始记录人类的贫困问题，历史文物博物馆也开始展览人类中不幸同胞的悲惨情形。

这位教授使得人类的良心受到很大的冲击，很多人不再对穷人漠不关心，也就由于这种良知上的觉醒，各国政府都用尽了方法消除穷困。这位历史学家不仅改变了写历史的方法，也改写了人类的历史。

绘者感言

这一次绘制李家同教授的故事《来自远方的孩子》感触非常多。

由于李教授在文字上的铺陈相当令人震撼,因此我在色彩和构图上以多元的技法来表现——主要利用多种色彩和笔刷的厚迭来表现深沉的主题,让读者能随着色彩的起伏而进入另一个世界。

在绘图的过程中不免思考人类全体的问题,因此到了绘本后半部,色调开始严肃起来,希望各位读者多多包涵。最后发人省思地留下一片天空和一位老先生,是希望读者能在阅读过程中思考一下人生的价值和意义,一方面以身处在今日富足的中国台湾而欣慰珍惜,另一方面也为世界上还有穷人感到汗颜。希望大家都能知福惜福,发挥一己之力帮助更多的人。

黄匀弦

End

太阳下山回头看

绘画◎陈盈帆

陈盈帆

1974 年生，台北市人。

师大美术系毕业，纽约 School of Visual Arts 肄业。

曾任美术老师、网页美术设计，目前专事创作。

擅长使用亚克力颜料创作。

喜欢在阳台瞪着花看，希望它长得壮壮的，喜欢喝咖啡、看各式各样的书。

绘本作品:《水獭找新家》《我的贝多芬》《玉井芒果的秘密》《我家在一座岛上》《祝福的酒》等。

对插画充满着研究与创作的热情。

作品风格多变，用色厚重强烈，擅长手绘结合计算机的混合媒材，图画中透露出温馨与幽默。

最喜欢的是可爱的小动物们。

前言

白昼的尽头就是黑夜，然而无论在多深沉的夜里，总还会有几点微光，守护着夜归的人。一盏小灯也许无法照亮整个漆黑的夜空，却足以温暖人们的心。

在人生的道路上，每个人或多或少都曾受过他人的帮助。其中特别让人铭记在心的，就是当自己最彷徨无依时，那个向你伸出援手的人，哪怕只是一句关怀问候，都会令人感到无比的温暖。

俗话说："受人点滴之恩，必当涌泉以报。"也许一个人的力量很微薄，无法给予他人多大的回报，但若人人都能扮演一盏小灯，尽量帮助自己周遭的人，这个世界就会处处有温情，减少暴戾之气。

"太阳下山的时候，回头看！"这句话值得大家细细体会。期盼这册绘本也能成为一盏小灯，带给你希望和力量。

李家同

61 / 太阳下山回头看

前些日子,我去了叙利亚南部,因为那儿有一个小村落,村落里仍然讲阿拉美语,这是耶稣在世时所用的语言,我相信这里一定可以找到一些与耶稣有关的事迹。果真,我在一座小教堂里发现他们做弥撒用阿拉美语。

我虽然不懂阿拉美语,但我知道弥撒是怎么回事,所以知道现在在念什么经文。当神父念《天主经》的时候,我几乎感动得流下泪来,因为我知道耶稣当年就是这样念的。

教堂非常小,石头砌起来的,在一个偏远的山谷里,四周只有几户人家,但是他们自称这是历史上最古老的基督教堂。这座教堂有一个很好听的名字,叫做"小灯教堂"。两千年来,这座教堂晚上必定点一盏灯,现在是用电灯了,过去用的是油灯,可以想见这座教堂必须有人过几小时就要去加油,因为灯

是要亮一整夜的。神父说这是世世代代传下来的传统。

我在教堂里四处张望,发现了一幅壁画,壁画中,耶稣背着十字架往前走,一个小男孩泪流满面地拉着耶稣的衣服。画下面有两行字,神父替我翻译,原来这两行字是小男孩和耶稣的对话。

小男孩说:"耶稣不要走,你走了以后,谁会照顾我们穷小孩子?"耶稣说:"太阳下山的时候,回头看!"

小男孩的问句,我可以明白,但耶稣的回答却使我困惑不已。我当时的感觉是耶稣答非所问。

神父也不懂,但是他相信这一定是有意义的,所以这幅壁画就永远地被保存了下来。每过几年,他们就要修补一下。

我走出教堂,仍然想着这句话的意义。想来想去,想不通。天色已经昏暗,太阳快下山了。教堂建在一座小山的山谷里,山的一边面对着海。我有了一个冲动,要到山顶上去看日落,因为山不高,我一下子就走到了。也看到了太阳在海平面上慢慢消失的景象,当时我忽然有点害怕,因为我发现我是在一个非常荒凉的地方,天黑了,我会不会完全迷路呢?

太阳下山回头看

我想起了耶稣的话:"太阳下山的时候,回头看。"我回过头去,发现山谷中虽然没有很多人家,但是家家户户都点起了灯,那所小灯教堂的灯也亮了。

我不害怕了。虽然太阳已经下山,但有这些人点灯,我就安全了。太阳将光和热带给了世界,但是太阳下山以后,仍然有一些小灯,用它们微弱的力量,带给世界光和热。

我终于懂了,耶稣在安慰这个穷小孩子,他可以放心,世界上一定会有一些善良的人,继续做耶稣在世时所做的事:使这个世界有一些光明,有一些热。那位壁画中的小男孩一定也有同样的顿悟,他一定做了一个好人,尽量帮助周遭的人。他也一定四处劝告朋友,大家都要像一盏灯,无论灯光如何微弱,很多人都会靠这一盏小灯生活的。

我离开了叙利亚,我不会忘记小灯教堂的。我们都应该扮演小灯的角色,使我们周遭的人不再害怕黑暗,不再感到寒冷。

绘者感言

《太阳下山回头看》这个故事很抒情,也很有感染力。可是如何把抽象的情感化为画面,对绘者来说可真是个大考验!

我实验了一些画法跟材料,决定用最简单的铅笔加水彩来画这个故事。白天的部分用淡彩,淡得像照相时过度曝光一样,夜晚的浓重则用大片的渲染。

在画图时,天气很好,窗台开了很多紫色的小花;我回想过去,也受到许多人的帮助,还有大小读者的支持,觉得幸运又幸福。

希望我也能做一盏小灯,为世界增加一点善美。

陈盈帆

End

三个孩子的故事

绘画◎皮茆

皮菏

1984年生，国立台中教育大学美术系毕业，目前为台湾师范大学研究所艺术指导组的研究生。

最喜欢的动物是猪，在南投的集集长大，四岁之后回到台中。

小时候在山上生活的时光对我影响非常深，很多的回忆让我咀嚼很久，慢慢地它们就成了我创作的来源。

我很喜欢老东西和旅行，这两种都是让我快乐的方法，当然我更热爱画画，因为它可以将我的梦保存下来，你觉得还有比这个更棒的事情吗？

前言

"阿姨,这碗阳春面,我跟弟弟只吃一半,剩下的可不可以包回去,给爸妈吃?"几个贫困孩子被社工带去吃面,却因想到罹患癌症的母亲与辛苦照料的父亲还未用餐,只吃了几口,便要求将剩下的阳春面打包回去给爸妈。这是发生在台湾中部的"一碗面的故事",经由媒体报导,引发各界关切,许多人都为孩子们的懂事所深深感动。

其实,类似"一碗面的故事"不只这一桩,世界各地都有幼小的心灵承受着现实困境,却乐天知命,从不怨天尤人。这册绘本中,描绘着同样感人的故事:《不讲话的孩子》《不肯吃饭的孩子》《只能祈祷的孩子》,这三个孩子出身贫苦,但他们展现出的早熟、勇敢与坚强,让许多三餐温饱的大人小孩都望尘莫及。

"恻隐之心,人皆有之。"我们在这些孩子的身上看到人性的良与善,因而感动落泪,心疼不舍,但若是仅止于此,世界是不可能变得更美好的。起身看看你的四周,是不是也有许多未被注意却同样渴望你关怀的孩童?给他们一个拥抱、一点支持吧!你会发现,举手之劳的行动,将如魔法般扭转他们的人生。

李家同

不说话的孩子

第一次看到这个孩子的时候,是三四十年前的事了。当时我在大学念书,推了脚踏车正要上学,看到一位警察用绳子牵着一个小孩子在街上走。

孩子大概不到十岁,没有穿上衣,又瘦又黑,双手被绑在身后,另外一条绳子将他五花大绑,绳子一端由警察拉住。30年前,汽车很少,警车也少,警察抓了犯人,常常只好在路上将犯人拉拉扯扯地带去警局。

因为犯人太小,路人忍不住要问,这是怎么回事?这位警察索性停了下来,向大家解释。原来这孩子的妈妈去世,爸爸生了病,躺在床上,孩子一再出去偷东西养家。虽然只是偷点儿吃的东西,可是被偷的商家忍无可忍,今天早上将他抓到以后,就不再放他。

我注意到这孩子的表情，他一副茫然的表情，或者可以说是毫无表情，对路人，他一点儿也不逃避我们的目光，只是不断地挣扎，显然他被绑得太紧了。

我当时是监狱的义工，因此不久就在看守所遇到了这个孩子，他仍没有上衣，赤着脚，在扫地。我找了一位热心的管理员，提醒他这个孩子没有上衣可穿，他立即去找了一件红色的小孩衬衫给他穿上。他说这孩子安静极了，从不讲话。根据他的观察，他被关到看守所以后，似乎没有说过一句话，可是非常服从，叫他做事，他也会乖乖地做，从不埋怨。他也说这孩子没有什么表情。这是我第二次看到这孩子。

第三次看到这孩子,是个大雨天,外面下大雨,里面来了大批苍蝇,这位孩子被管理员抓来在走廊里拍地上的苍蝇,可是他技术不太好,并没有打到很多苍蝇。

我反正没有什么事做,就拿过他的苍蝇拍,替他打。在我打了一阵以后,这个孩子忽然抱住了我,将他的头伏在我的肩上,他仍然不说一句话,可是我感到他的泪水滴到我的肩膀上。

我蹲在那里，不知如何是好，这个不说话的孩子，终于用他的肢体语言向大家述说他的心情，一个十岁的小孩子，被人五花大绑地游街示众，可以想象到他心中有多少的悲苦。恐怕他这一辈子，只被人打骂，只被人追赶，从来没有人关心过他。滴到我肩上的泪水，显然是感激的泪水。

不肯吃饭的孩子

这个孩子傻傻的,孤儿院的修女告诉我他有点智力不足,不是很严重,他可以照顾自己。可是不会念书,在学校里念的是启智班。

我每次问他任何问题,他都回答不知道,真把我气得半死。

他腿部受伤了,修女把他送进了医院,他的祖父是他唯一的亲人,赶到医院来陪他,因为修女不能 24 小时陪他。

他忽然不吃东西,因为是外伤,没有什么理由不吃东西,可是怎么样哄他,每次他都只吃一两口青菜,其他什么都不碰,他的祖父看他不吃,就将他的食物吃得一干二净。两天下来,他仍只吃些青菜,祖父急了,赶紧打电话将修女找来。

这位对他颇为了解的修女也百思不得其解,她知道这孩子向来胃口奇佳,不吃东西必定有原因。可是究竟是什么原因呢?

还是这位修女厉害,她猜这个孩子一定是怕他的祖父太穷,买不起东西吃,只好自己不吃,让他的祖父吃个痛快。他祖父果真吃了,这下他更加相信只有自己挨饿才能使祖父有东西吃。

修女去楼下买了两个便当,一个给他的祖父,一个给自己吃。他们一开始吃,这孩子立刻饿虎扑羊地将医院送来的饭菜抢来大吃特吃,不仅吃完了医院的伙食,还要修女去买一盒便当给他吃。

孩子同病房的病友们都松了一口气,医生护士都来看他吃饭,房里几乎要开一个庆祝会。

只能祈祷的孩子

第一次在儿童中心看到这个孩子,大概是四年前,孩子只有六岁左右,跳跳蹦蹦的。

他主动告诉我:"我妈妈走得太早,爸爸要做工,无法照顾我,只好送我到这里来。"我当时听了很难过,这个只有六岁的孩子,居然用"我妈妈走得太早"这种词语。

四年来,孩子越来越高,大约在圣诞节前几天,我走进这所儿童中心的教堂,又看到了这个孩子,当时教堂里空空荡荡,只有这个孩子跪在圣母像前祈祷。

我问他是怎么一回事,他说:"我爸爸生病了,我是一个小孩子,没有能力替爸爸请好的医生,只好祈求圣母保佑爸爸。"

在我离开教堂的时候,忍不住再回头看一下,教堂里圣母像前面有一些燃烧的蜡烛,孩子跪在圣母像面前,抬着头,烛光照在他的脸上,远远看去,极像一幅美丽的图画,也极适合用在圣诞卡上。

我当时就替孩子的爸爸高兴,有几个人能有如此孝顺的孩子?

后记

第一个孩子很快就出狱了,他的爸爸,在一些善心的监狱管理人员凑足医药费以后,总算恢复了健康。

几位台大电机系的学生在这孩子出狱以后,自愿替他补习功课,他也开始和他们说话。

关于第二个孩子,由于他在医院里老是不讲话,医院的一批专家终于给他一纸证明,说他有某种程度的智障,使他拿到一份残障手册,将来可以享受一些政府给残障者的福利。智障的孩子如此孝顺,大家都没有想到。

关于第三个孩子,他爸爸的病不严重,孩子知道他爸爸病好了以后,心情好了很多,我看到他的时候,又在跳跳蹦蹦了。

我自己从未在孩提时代受过什么苦,可是我却有机会碰到很多穷苦的孩子,他们显然渴望我们的关怀。任何我们给予他们的爱心,都像洒在干旱田地上的雨水,绝对是他们渴望的。可是最重要的是,这些穷苦孩子们似乎比其他的孩子更有爱。

绘者感言

拜读李家同教授的第一本书是《让高墙倒下吧》。李大师常自谦不是作家,他只是说出一些关于人心的小故事而已。但那本书却影响了我很多,宗教信仰虽然不同,拥有的关怀倒是一样的!

还记得在国小实习时,常遇见一些特殊的孩子,他们只会用自己的方式表达,所以往往容易造成误会。若和他们沟通不顺时,我常藉由李家同教授的故事给自己加油打气。

我真希望我有一根李大师所说的魔棒,一挥之下,天下都是最有爱心的老师,这样一来,相信这些弱势孩童一定会少一大半。

感谢我所有的恩师,也特别感谢联经出版公司给我机会和李家同教授合作,小弟铭感五内。

皮 菏

End

钟声又再响起

绘画 ◎ 利晓文

利晓文

六年级生。毕业于世新大学平面传播科技学系摄影组。目前从事影像设计相关工作。

嗜电影、漫画、文学，爱插画、摄影、犬类，偶尔也会做些粗糙的手工制品。

从小就喜爱画画，当学生时上课很少专心听讲，只有美术课最认真。胸无大志，只要一生都能随心所欲地画画便足矣。做过书籍、杂志、年节礼品商品，能持续燃烧热情的是插画，最喜欢画笔的线条跟跃然纸上的灵魂。

曾经参与过的作品有：EZ TALK、EZ BASIC 英语杂志插画；英语学习书《懂得搭配词，英文就漂亮——办公室篇》《懂得搭配词，英文就漂亮——旅游篇》（贝塔语言出版）、亲职丛书——《聪明 IQ 动脑高手》（新手父母出版社）。

前言

你是不是也有过这样的遗憾：某些事情演变成不可收拾，某些伤害无可挽回，全怪自己没有适时伸出援手？你并非铁石心肠，也不愿结果如此，只是因为不了解状况或当时琐事缠身，疏忽了关心的人。懊恼之余，也许你会想：假如有人能够事先提醒我一下，那该多好？

《钟声又再响起》这个故事里，让老先生朝思暮想的钟声，便是这样的作用。它提醒着村民街坊邻居发生的事，它串起大家的爱心发送给需要的人。这样的钟声并非天籁村独有，过去在台湾农村，里长靠着一支高立的喇叭放送广播，吆喝着帮忙找小孩、通知大家紧急救火等等，同样也是另一种维系着村民情感的"钟声"。

现代社会的人们愈来愈少嘘寒问暖，常常左邻右舍发生什么事都不清楚。与其消极地归因于人情淡薄，我倒宁可相信是大家太被动了。其实，每个人都可以扮演一座钟，唤醒别人沉默的心灵，请大家把爱心转化成善行，让需要的人及时获得慰藉。不用担心自己是否太多管闲事，对于那些因此得到帮助的人，你的一声提醒是何等美妙的天籁之音哪！

李家同

我和阿杰都是暨南大学的学生,我们来到了这个学校以后,发现附近有好多好玩的地方可以游山玩水。一到周末,我和阿杰就到埔里附近去玩,第一年,我们只有脚踏车,第二年,我们都有了机车,出游的范围就越来越广了。

有一天,我们来到了一个叫作"倒影村"的地方,忽然看到一个残破的路标,路标指的地方是天籁村,现在的天籁村已经被政府宣布永远归还给大自然了。我们都知道,过去天籁村是有人住的,可是一次大地震震松了那里的土质,以后每逢台风或豪雨,就会有大规模的山崩和泥石流灾害,居民也就陆陆续

续地搬离这个地方，三年前，最后一批居民离开了这个村，政府就宣布天籁村不能再有人住了。政府切断了水电，也在道路上设置了路障，从此天籁村就没有人住了。

就因为那里没有人住，我和阿杰却更想进去看看，道路虽然已经不能让车子走，但是县一八九号公路仍然可以步行，我们决定将机车停在一个隐密的地方，沿着一八九号道路走进去。

这条道路两旁大树成荫，一边是山，一边是一条小溪，偶尔可以看到一些被废弃的房屋，这些房屋外面都长满了绿色的爬藤，有些园子里还可以看到当年人坐的椅子，有一次我们还看到了一辆生了锈的机车。

走了两个小时，我们终于到了天籁村，显然，这里曾经热闹过，我们看到派出所、卫生所、一些小店、一所小学、一些住家和一座教堂，我和阿杰这时才感到一点不安。看到这些倒坍的房屋，又看不到一个人影，总使我们两个人想到一些科幻电影里的情节。当然我们两个都不愿意讲，我们强颜欢笑地四处看看，也拿照相机照了一些相片。

在我们要打道回府的时候,忽然看到一间屋子里居然有一位老先生住在里面,这位老伯伯衣服很整齐,头发梳得很好,胡子也刮得很干净,他看到我们,极为高兴,因为他已经好久没有见到人了。

老先生是电机工程师退休的,他说他小的时候生长在这里,初中一年级随着父母到了台北,从此挥别了这个乡下,在台北落地生根,他的学业很顺利,进入电机系,做了一辈子有关电机的工作,家庭也很美满。两个儿子,一个在美国,一个在大陆,两个人都全心全意地发展事业,无法常常和他见面,他的老伴在两年前去世,大约一个月以前,他忽发奇想,找人将这里的旧房子整修了一下,又回到这里来住了。

老先生带我们四处去参观，他显然对这里的一草一木都向往不已，他告诉我们，他永远也忘不了那所小学，这所小学虽然有些改变，但改变得不大，现在当然是杂草丛生，但是房舍仍在。大多数的小学校舍都很制式化，但这座校舍却很雅致，墙壁是磨石子的，每根柱子都嵌入红色的石子，一望就想起古老的艺术。老伯伯告诉我们这是大地震以后的建筑，特别美。

我们走到了那座教堂，教堂是红砖造的，教堂外面有一个很高的架子，架子上有一座钟。我和阿杰大喜过望，抢着去摇动绳子来敲钟，钟声清脆无比，而且好像可以传得好远。这种在山谷中打钟的动作，仅仅在梦里梦到过，我和阿杰都为了能够敲钟而兴奋不已。

老伯伯告诉我们，这座钟过去是不能乱打的，因为当年，这座钟是用来传递信息的，有人生孩子，钟敲十下；有人去世，钟敲十二下；有人生重病，快去世了，钟敲十七下，意思是大家应该为他的灵魂祈祷；钟敲八下，大概是叫大家来开会；钟敲十一下，是叫大家来望弥撒，至于每天黄昏的时候，钟声是要大家静下心来晚祷。

老伯伯小时候对钟声没有什么感觉,只觉得好玩。他记得有一次晚上钟声响了,他的妈妈听了钟声以后,就走到村子里一户人家去,因为她知道有一位老太太要去世了,她必须去安慰老太太的家人。

可是他离开这个村子以后,却又怀念这个钟声了,因为钟声代表人与人之间的相互关怀。在这个村子里,谁都认识谁,所谓鸡犬相闻也。村民们相互分享喜乐,也分担忧伤。他在台北,住在一个公寓,隔壁住的是谁,他常常弄不清楚。邻居搬走了,他也不知道。这么多年来,他一直怀念着这个钟声,因为钟声代表一个互相关怀的社会。他说他曾经感觉过互相关怀的滋味,老了以后,越发怀念这种感觉。

我和阿杰不约而同地告诉老伯伯，我们知道如何进来，我们以后有空，一定会再来看看他的，老伯伯却说他可能在短期内要离开了。

太阳快下山了，老伯伯催我们离开。他说我们必须在天黑之前走回倒影村，他说万一迷路，就沿着河往低处走，一定会走回文明的。我们只好走了。

走了约十分钟以后，忽然钟声又再响起，这次我们数了一下，钟声一共是十七下，我们都记得，这表示有人病重，已经快去世了。阿杰说，怪不得老伯伯说他快离开了。所谓落叶归根也。

我们两个人，大概一辈子都不会忘记那代表着互相关怀的钟声。前些日子，有一位同学出了车祸，我们一起去医院看他，有好一阵子，他都在昏迷之中，我们平时嘻嘻哈哈的同学们，现在都很担心地等着他醒过来。阿杰和我都在场，他悄悄地问我一句话："老李，你有没有听到钟声又响起了。"我告诉他，我也听到了。事实上，我们都发现，只要我们关怀别人，天籁村的钟声就会响起。

我们曾经又去倒影村一次，但我们找不到天籁村的入口了，虽然天籁村永远消失了，但我和阿杰却一直常常听到那里的钟声，因为我们知道天籁村钟声深刻而特殊的意义。

绘者感言

第一次画绘本就能用自己的画笔诠释李教授的作品，感到非常荣幸，也很小心翼翼，思索着要如何贴切地将故事的精神呈现出来。

读完故事后，心里决定要用橘色调，对我而言，这是个充满阳光温度的故事，希望读者在看这本书的时候，能够感觉自己可以从书里，掬一手心的温暖，让这股暖流慢慢地流入心窝。

李教授在《钟声又再响起》这个故事中，把我们带入一个回忆的空间，让我们静下心来思考——生活的环境正在剧变，人们的生存空间越来越小，但是人与人的距离却越来越远；这个世界越来越热，我们的心却越来越冷。

大学时，我跟着慈济到新光国小拍摄志工们义诊的过程。路途非常遥远，车程来回将近十个小时，我身边坐着一位年轻的牙医，他沿途晕车呕吐，十个小时里有八个小时处在不清醒的状态。他不是慈济人，只是想到山上替当地部落的孩子们尽一份心力，精神十分令人感动。

新光小学有个很美的别名：云端上的小学。那里的孩子很单纯天真，我带着相机混进他们之间吃喝，孩子们抢着说学校围墙上图片的故事，然后又举起沾着鼻涕的手，抢着要借我的相机，从观景窗看一下他们自己的世界。至今，那些孩子的样貌还清晰地在我脑海里，而我当时给他们的只有几个小时的陪伴玩乐。

常常我们觉得自己很渺小，做多做少无所谓，但其实对人付出和关怀是需要学习的。如果我能够用画传达一点点心意、一点点感动，对我而言，就是这个作品最初也是最终的理想。

利晓文

End

山谷里的丁香花

绘画◎曾琬婷

曾琬婷
―――――――――

1988 年生于台北。

曾就读于实践大学工业产品设计学系。

自小喜欢涂鸦画画，从四岁开始年年替亲朋好友绘制贺年圣诞卡。

小时候的志愿是当个漫画家，现在虽然略有差异，但是还是努力在设计这条路上前进。

动物爱好者，尖峰时期家里曾有猫、鸟、淡水及海水鱼、蜥蜴、乌龟等五种以上不同的动物们居留。

喜欢尝试新事物，无论是甜辣的、有趣的、具挑战性的各种体验。

学的是工业设计，除了到设计公司实习以外，亦尝试着展览与平面设计等各种不同的领域。

前言

人与人之间的分歧，往往因为误解而产生争执与纠纷。而在不同的种族、信仰、社群和国家之间存在的差异和分歧，也常因为各自的坚持与不谅解导致了战争、暴力以及种种的不幸。综观历史上的斑斑陈迹，无非是这样的缩影。

人们总是习于分辨各种事物的异同，却往往过分强调分歧，而忽略了彼此拥有更多的共同点。但是人我之间的分别是否真的如此判然二分？无论是何种肤色、何种宗教、何种文化，当我们走到生命的尽头时都是以同样的姿态回归自然，届时不管有多大的差异也终将归于平静。

《山谷里的丁香花》诉说的就是这样一则故事。希望透过这个故事能让小朋友们了解如何面对他人与自我的不同，学会包容和体谅，让人际之间充满和谐与喜乐。

李家同

我的家世世代代都住在这个小村庄里,村庄坐落在山谷里,山谷里有一大片草原,草原边缘长满了丁香树,春天里,草原周围开满了淡紫色的丁香花,山谷里也到处都飘浮着花香。我们孩子们一有空,就在草原上玩,我们这些乡下孩子,除了自己家和学校以外,几乎大半时间都在这个草原上度过的。一年前,有人来告诉爸爸,说政府征兵,他应该立刻入伍,爸爸只好吻别了我们全家人,下山去了。一开始还有信来,半年前,消息断了,妈妈去打听,得到的消息是爸爸在战场上失踪了。

我们附近的邻居中的叔叔伯伯们,都去打仗了,村子里只剩下一些老弱妇孺,我们这些男孩子们,除了在草原上玩以外,还要做一些田里的粗活。我去问老师,究竟爸爸去打谁?老师告诉我,他们是去跟另一个国家的人打仗;我追问为什么要打仗,老师似乎答不上来,他说的理由好像与历史有关,显然四百年前的一些恩恩怨怨,到今天又被旧事重提了。

有一天，有一个炮兵的部队开进了村子，他们将大炮架在山谷的草原上，也建了很多的壕沟，造了掩体，他们的到来，使我们男孩子大为兴奋，成天看这些士兵们操演，第一次演习放炮的时候，我们都在远处大声地欢呼。我从未看过那个国家的人，只知道几十年来，我们一直和他们和平相处，为什么忽然又要打起来了，我始终弄不清楚。终于，我们开火了，炮兵们在一天清晨忽然向山下开炮，我们从熟睡中被吵醒，炮不仅吵醒了我们，也几乎震破了我们的窗子，妈妈马上将我们聚合在一起，躲在一张桌子下面。

两天以后，对方反击了，炮弹零零星星地落在村子各地，几乎没有损害到炮兵的基地。可是我们的好日子没有了，一听到炮声，我们就要找一个地方躲一下。有一个晚上，对方的炮弹非常准确地落在草原炮兵基地上，我们的炮兵还来不及回手，大炮就在一小时内几乎完全被摧毁了。炮兵失去了大炮，只好撤退，他们不仅没有炮，连一辆车子也没有，所有的人都要步行下山。

部队长官带了一位伤兵到我的家,这位可怜的叔叔变成了盲人,腿也断了。虽然他只有轻声的呻吟,我们可以想象得到他有多大的痛苦。部队显然没有什么医药可以减少他的痛苦,长官请妈妈照顾这位年轻人,他说等战况一有转机,他们就会回来带他去就医。他们用担架抬他进入我们的房子,妈妈立刻答应收留他,也保证会让他和我们一起生活,我们吃什么,他也会吃什么,不会亏待他的。

年轻人的伙伴们向他殷殷道别,临走还给他一支手枪,他接过以后放在枕头下面。虽然部队撤退了,我们都还是听到炮声,我们已很有经验,从炮声大概就知道放炮的地方有多远。敌人似乎离我们越来越近了。妈妈问这位年轻人的姓名和他家的地址,因为妈妈想也许可以设法让他家人知道他仍活着,他怎么都不肯让我们知道,他说反正失踪的人多的是,就让他家人以为他失踪算了。妈妈听了以后,偷偷地哭了一场,这位年轻人显然不知道我爸爸也已经失踪了。

已是春天，草原上的丁香花开了。在屋子里都可以闻到丁香花的香味。有一天，天气好得不得了，天特别的蓝。年轻人问我们是不是外面天气很好。我们说是的。他恳求我们抬他到草原上去，那天一声炮都没有，我们几个小孩子七手八脚地将他抬了出去。他又问我们是不是丁香花开了。我们说是的。他要求我们将他放在一棵丁香树的下面，也叫我们采一大把丁香花给他。

然后，他叫我们小孩子到草原上玩，只是不要靠近炮，因为仍有爆炸的可能。他说他要在丁香花下睡一下。

我和哥哥带着我们家的牧羊犬在草原上追逐，忽然我们听到一声枪响，我们赶快跑回去，发现年轻人的枪掉在了地上，我们采的花也散落了一地。妈妈说我们该赶快将他埋葬起来，可是不可能找到棺材了。妈妈动员了很多人，挖了一个长方形的墓穴，妈妈用床单将年轻人包了起来，也准备了一床毯子，准备将他放进泥土以后，用毯子把他盖好。她说这样年轻人的嘴里才不致吃到泥土。

因为都要靠我们这些小孩子挖洞,洞挖好已是黄昏。村里的老神父也到了,他请人将教堂的钟打了起来。自从炮兵进驻我们村庄以来,这还是第一次教堂打钟。

在我们要将担架放下去的时候,对方的一些士兵出现了,他们悄悄地进入了村子,小心翼翼地前进。当他们看到我们不用棺材埋葬的时候,都露出诧异的表情,其中有一位是军官的人问我们,为什么我们不用棺材?

后来我才知道，和我们打仗的这个国家的人死后下葬是不用棺材的，他们只是将尸体用布包起来埋掉，让死去的人早日回归自然。我们告诉军官，我们没有棺材，只好如此，军官低低地自言自语："想不到死亡使我们都一样了。"他叫他的部下脱下帽子，在旁边观礼。我们几个男孩子负责填土，因为是小孩子，进度很慢，还是靠一些对方的士兵将土填了回去。这是两周以前的事，年轻人的墓地由于春雨的滋润而长满了草。丁香花谢了以后，都会落在这块新的草地上，我们没有在墓地上做任何的记号，只有我们知道，这里埋葬了一个不知名的年轻人。

那些对方的士兵走了以后,我们的小村庄不再听到炮声,我们小孩子上课和种田之余又恢复了在草原上互相尽情地追逐玩耍。可是,我相信,我们这些男孩子都有一种共同的想法:总有一天,有些大人要将我们送上战场,我们都可能永远不回来了。可是我仍有一个小小的愿望,我希望我们国家里到处都种满了丁香花的树,如果我不能回来,我希望能被埋在一棵大的丁香花树下面。春天来的时候,让淡紫色的丁香花洒在我的身上。

绘者感言

初次读到这篇文章我就深受震撼，在我看来，这是一个关于勇气的故事，李家同教授使用了单纯的故事来传达深沉的人生观。以战争为主题的故事并不少见，但是那位负伤士兵的故事，却深深地触动了我的内心；人类极脆弱的一面，在李教授的笔下表露无遗。

现在的我们生在幸福的时代，仅偶尔从报章杂志中得知地球彼端战火蔓延，因为没有亲身经历过，所以珍惜的事物就少了，然而无论是遭逢战争、天灾还是流金的年代，活在当下的人们都有机会面对抉择。

这是我首度尝试绘本作品，第一次画大量的人物与连续性的彩图，绘制过程中经常感到惶恐。由于在学校主修的是工业设计，花了一段时间调整画风，不过对我而言，这是个宝贵的经验。希望大家喜欢我的作品。

仅将这本绘本献给遇到困境的人们，愿他们能够欣赏生活中残存的美好。

曾琬婷

End

屋顶

绘画 ◎ 郑慧荷

郑慧荷

1970年生，东海大学美术系毕业，现居台北。

2000年为联经出版社《十三座海洋》绘制插画，开始进入书籍插画的世界。

曾为信谊、三民、民生报等出版社绘制插画，2007年参与天下远见出版社《我的台湾小百科》《我最喜爱的中国神话》绘图，2008年受韩国首尔AgaWorld出版社邀请，绘制伊索寓言——《北风和太阳》(*The North Wind and the Sun*)大型绘本。

喜爱文字、图像、音乐，为Paul Klee画作的音乐性深深着迷，从小就发现生命中有趣的事物实在太多，而旅行是行动与想象的重要养分来源。

现为专职插画工作者，在阿妙、淑惠、小虎、小花四只猫的监督下完成作品，而从事设计工作的先生总是第一个读者。

阅读，让我的世界更宽阔，更想行万里路，为能够亲临历史文化、建筑美术、风土人情的真实场景而期待、振奋着。

画画，让我沉淀思绪，专注观察物体微小的变化，用眼和手发现上天赐予的丰富色彩，很充实，很幸福。

前言

你的愿望是什么？我不知道。但加尔各答小乞丐的愿望是能走进一间有屋顶的房间，睡在一张有床单的床上。你的愿望伟大吗？我不知道。但至少加尔各答小乞丐的愿望非常微小。

正确来说，是在我们眼中的基本且微小，他眼中的伟大。

这个世界每天都有许多无法想象的落差、不幸存在于我们忽视的角落。当我们抱怨物价高涨无法满足欲望时，地球的远方也许有个小孩只求一餐温饱。当我们向家人朋友诉苦遭受不公平的待遇时，未知的彼端也许有个小孩孤苦伶仃无人哭诉。当我们将生活基本物质的一切视为理所当然时，竟然有人连罗斯福总统提出"免于匮乏的自由""免于恐惧的自由"的人类基本自由都无法达成。重新回头审视自己的生活吧。会不会觉得自己其实是受到眷顾的？会不会觉得一切都是值得感谢的？

尽管我们没有宗教家的悲天悯人，付出一些同情心及爱心却是每个人都可以做到的。如果阅读后，能让你对生活有重新的体验，那我想这就是我透过《屋顶》想告诉你的事了。

李家同

我这一辈子，只有一个愿望，走进一间有屋顶的房间，睡在一张有床单的床上。为什么我要有这种愿望呢？因为我是印度加尔各答的一个小乞丐，我生下来不久，爸爸就去世了，我和妈妈相依为命，我们都是乞丐，住在一条小街上。爸爸去世以前，在街上弄到一块木板，爸爸在木板上加了一块塑料布，木板斜靠在墙上，晚上我们两人挤进去睡觉。下大雨的时候，我们总是会被淋湿。可是我们已经是幸运的了，有的小孩子更可怜，他们没有木板可以挡掉一部分风雨，每天晚上完全露宿街头，一下雨，就要四处找一个地方躲雨，弄得不好，还会被人赶。妈妈告诉我，爸妈过去也有屋子住的，爸爸是个农人，可是接二连三的坏收成，爸爸先是失去了牛，然后失去了那一块地，最后将唯一的小屋子也卖掉，换成了钱步行到加尔各答来，不久我哥哥和姐姐陆续死去。爸爸做各种苦工，我出生以后，爸爸病死，妈妈只好求乞为生，我长大了以后也学会了求乞。

我运气很好,可以在欧贝利尔大旅馆前面求乞,这是加尔各答最大的旅馆,门口的人行道极宽,上面有顶,沿街有极粗的白色柱子,整个旅馆当然也是白色的,漂亮极了。虽然旅馆客人喜欢坐汽车进出,还是有不少旅客会出来走走,因为沿街有些卖书报的摊子,他们来买报纸,我就趁机上前去求乞,我发现东方面孔的旅客特别慷慨,我们乞丐一天通常可以要到十个卢比(五角美金),有一次一位东方的旅客给了我五十卢比。

可是妈妈也离我去了。三个月前,她病了,越病越严重,我用我们所有的钱设法买些好的食物给她吃,也没有用。最后她告诉我,特里萨修女创立了一个"垂死之家",她如果能被人送到那里去,会有人照顾她,也可能会好,如果病好了,她会回来找我。她要我扶着她在夜晚走到大街去,然后躺下,我偷偷躲在一棵树后面,果真看到有人发现了妈妈,也发现她病重,立刻拦下了一部出租车,一开始出租车司机好像不肯载妈妈,看她太脏了吧,说了一堆好话以后,它终于肯去"加里加神庙",这是特里萨修女办的"垂死之家"。

可是妈妈再也没有回来,我知道她一定已经去世了。唯一使我感到安慰的是她去世以前一定有修女们照顾她。我呢?我感到孤独极了,除了说"我没有爸爸,我没有妈妈,可怜可怜我吧!"这句话之外,我什么话都没有机会说。每天晚上买一团饭吃,卖饭的人也懒得和我说话。就因为我感到孤独,我和我附近的一只小老鼠变成了好朋友,我每天准备一些饭粒喂它,它会来咬我的手,我会索性将它抓起来放在手上亲亲它,晚上它甚至会和我睡在一起。忽然,街上来了一大批人,向四周喷药,那天晚上,小老鼠就不出现了,它到哪里去了?我无从知道,也很难过。它是我唯一的朋友,可是它也不见了。

第二天，我知道我病了，白天我该到旅馆去求乞的，可是我难过得吃不消，中午就回来睡着了。而且我还吐了一次。下午，来了一些戴口罩的人，他们将我抬上了一辆车子，车子里大多数好像都是病重的乞丐，我虽然生病，可是因为第一次坐汽车，兴奋得不得了，一直对着窗外看，我发现我们已离开了加尔各答，到了乡下，我想起妈妈告诉我爸妈过去住在乡下，真可惜，我们当年如果留着那块地就好了。我们被送进了一间大房子，有人来替每一位抽了血，有几位立刻被送走了，大多数都留了下来，我有生第一次有人来替我洗澡、剪指甲、洗头发，感到好舒服，可是我被强迫戴上口罩。最令我高兴的是我终于走进了有屋顶的房子，睡在一张床上，而且也有人送饭给我吃，可惜我病了，不然这岂不是太好了。

令我不懂的是为什么他们对我这样好,也不懂为什么他们不让我们离开房间,有一次我感到体力还可以,乘门口警卫不在,偷偷溜到走廊上去看屋外的院子,立刻被警卫抓了回来,几乎要打我,我更不懂的是他们为什么人人都戴口罩、戴手套,也从不和我们讲一句话,我是个小乞丐,没有问人的习惯,何况我又病了,也没有力气问。晚上,外面风大雨大,我睡在床上,虽然身体因病而很不舒服,却有一种无比幸福的感觉,我知道风雨这次淋不到我了。可是我的病越来越重,我不是唯一病重的一位,隔壁的一位已经去世了,有人将他用白布包起来,抬了出去。他们轻手轻脚地做事,就怕打扰了我们。

165 / 屋顶

166 / 世界吻我以痛，要我报之以歌

每次医生来看我的病情，都摇摇头，我知道我睡去以后，有可能不再醒来。一位修女来了，她来到我们床前，握住我们的手，我注意到她没有戴手套，只戴了口罩，她握我的手时，眼睛里都是眼泪，她为什么要哭呢？难道她不知道我已不想再离开这里了。如果我离开，我要回去做乞丐，而且要做一辈子的乞丐，我没有一个亲人，没有一个朋友，从来没有人握过我的手，从来没有人关怀过我，我为什么要回去过这种生活？其实，我现在已经心满意足了，我唯一的愿望就是能进入一间有屋顶的房子，睡在一张床上，现在我的愿望已经达成了，我真该感激这些好心的医生和护士。我当然有一点好奇，为什么过去穷人生病都没有人理，这一次不同了，像我就受到这种舒服的待遇。我感到非常的虚弱，在我清醒的时候，我要祈祷，希望爸爸、妈妈、哥哥、姐姐、好心的医生、护士和修女们，都能够在来世过得好一些，不要像我这样一生下来就是叫花子。不要替我难过，虽然我可能再也不会醒了，可是我现在头上有屋顶，身下有一张软软的床，今天下午有人用不戴手套的手握住了我的手，我还能不满意吗？

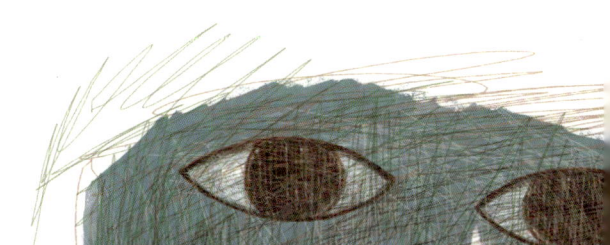

绘者感言

当我们忙着体验人生、实现梦想的时候，许多孩子连饭都吃不饱；当我们对于世界的不公、灾难充满无力感，慈爱的宗教家却克服艰难，默默为贫病的人付出，汇聚希望之光。

李教授文章中浓浓的人道关怀，总让人再三省思。

我用中、低明度的色彩，交错、不规则的笔触，表达内心的复杂无助，在某些看似灰暗的色调中，依然有着不断重复、细细勾勒的线条。

整体以写实为基调，但在构图上打破界限，刻意设计分割的画面让图文关系有更多可能，例如：第二个跨页，在画面上是好几个时空并置，区块里的图像呈现原文描述的人物、场景，也加进了象征印度贫富悬殊的元素，给读者更多想象空间。

透明色与不透明色的运用，图层与图层间微妙的关系，不同素材的迭色观念综合运用：色铅笔的淡描、水彩的轻柔、蜡笔的重涂与刮擦……印度贫民、破旧的场景、孤独的处境、修女的照顾、面对死亡、小男孩纯洁的祈祷——从破败到希望，从黑暗到光明，《屋顶》对我来说，是一本极具挑战性的绘本。

郑慧荷

End

苹果

绘画◎江长芳

江长芳

旅英插画家，也是个有国际 CELTA（剑桥成人英语教师资格认证）的英语教师。
据长芳她娘说，她从小时候一两岁时，就开始拿笔到处乱画，从墙壁一路画到桌底，一直到妹妹的脸、肚子、四肢跟脚底，甚至自己的裤子，无所不画。
别的小孩儿吵着要糖吃，要玩具玩，长芳唯一吵着要的就是纸跟笔。
连出个门的基本配备都是纸跟笔。
后来长芳到英国念插画硕士，让她的眼界又更为开阔，之后决定在英国闯天下。
长芳成为了一名专职插画家。
从联合报缤纷版发迹，与台湾各出版社、杂志社合作，一直到进军国际，与英、美、澳、加等国的出版社合作。
长芳真的好爱画画，她还要一直很快乐地继续画下去。

前言

战争对生命的轧伤究竟有多大？如今战乱的年代虽已距离我们十分遥远，对现在的人们来说也只能从历史教材中约略体会到战争的恐怖，然而事件也许会走入历史，但心灵上的摧折却不是那么轻易就能跨越。

人们总以为战场上的受难者只有那些因为战斗受伤甚或是失去生命的人，但是对于幸存者而言，终其一生都无法走出战争的死亡阴影与恐怖威胁。生存的恩典经常同时隐含着磨难，一如故事里的张爷爷，即便战争已结束，然终究在多年之后因受到战争的冲击而逝世。

要与孩子们谈论战争是一件严肃的事情，幸而本书的绘者以其细腻而温暖的笔触冲淡了故事中的灰暗调性，也为整本绘本带来活泼的童趣。或许透过孩童之眼回望那一段早已远去的历史，方能使人明白我们何其有幸生长在没有战争的时代。由衷地希望藉由这则小故事，能够让孩子们明白和平的可贵与真谛。

李家同

175 / 苹果

张爷爷是我们大家的最爱。

我们之所以喜欢张爷爷,是因为他家里有一个很大的园子,小孩子喜欢去,可以在那个大园子里头玩耍。

张爷爷的园子里有一棵好大的苹果树。张爷爷的苹果是只送不卖的,我们要多少,就拿多少。每次去张爷爷家,大家都可以拿到好多美味的苹果。

177 / 苹果

上次苹果成熟时,我们又去张爷爷家玩。张爷爷的小孙子很爱打垒球,他手里拿着一颗大苹果,忽然灵机一动,将苹果当成垒球,叫了好大一声:"爷爷,看球!"然后将苹果掷了过去。没想到张爷爷突然脸色大变,试图躲避那颗苹果,但他年纪大了,动作已经不敏捷,还来不及躲开,竟然就昏了过去。

张爷爷很快就清醒过来,看到大家慌做一团,感到很不好意思。于是他叫大家坐下来,听他讲故事。张爷爷说他出身于农家,抗战时,便参加了军队,之后抗美援朝战争爆发,张爷爷的部队变成了志愿军,参加了战斗。

在一次战斗中，张爷爷的部队配给每个志愿兵三日份的干粮，也警告他们要省着点吃，不到饿得受不了，绝对不要吃。虽然战士省着吃，但不到一周，干粮就一点都不剩了。

有一天，张爷爷和几位弟兄在一座村庄里看到一户农舍，农舍中只有一位中年农妇。他们比手画脚地向她要东西吃，后来那位农妇终于明白他们的意思，领着大伙儿前往一座苹果园，树上挂满结实累累的苹果。这些饿得发昏的大兵立刻大啖苹果，不一会儿，苹果树上的苹果便一颗也不剩了。

一直到现在,张爷爷都对那位妇人满怀歉疚,他说她一定是靠那些苹果维生的。大家把她的苹果吃光了,她该怎么办呢?

他又想,只要她能在那场战争中活过来,大概就可以继续活下去。问题是,那位心地善良的救命恩人能撑过这场惨烈的战争吗?

也就是因为那些苹果救了张爷爷一条命,他亲自在他的园子里种了一棵苹果树。

184 / 世界吻我以痛,要我报之以歌

为什么张爷爷怕那颗丢过来的苹果呢?话说战争进行到最后,有一天,张爷爷的部队和对方短兵相接,当时的炮火非常炽烈。张爷爷有一个亲如手足的弟兄,当时因为没留意到有颗投向他们的手榴弹,不及躲避,所以被炸死了。对张爷爷而言,手榴弹当然是世界上最可怕的东西。虽然孙子丢过来的只是一颗苹果,可是却使张爷爷回想起恐怖的手榴弹,难怪会吓得昏倒了。

张爷爷退伍后来到台湾,在一所小学担任工友。结了婚,孩子也很有成就,只是有时免不了会回忆起往事。前年,他和张奶奶回到东北去游玩,途中经过和朝鲜的交界处,可是无法进去。如果他能进去的话,很想进去看看那座苹果园,更想当面向那位救命恩人表达谢意。

188 / 世界吻我以痛，要我报之以歌

某天，我们得知张爷爷去世了，原因是心脏病突发，可以说是没有经历什么痛苦。但是我们都很纳闷，为什么一向身体很健朗的张爷爷，会突然去世呢？据说张爷爷过世的前一刻，还好端端地坐在一张沙发上看报。后来我们找到答案了，当天所有的报纸头条都以斗大的标题写着：某国试爆核弹。

对我们大多数的人来说，这则新闻并没有太大的意义。可是对张爷爷而言，他觉得某国可能要打仗了。如果战争发生，他知道朝鲜那些善良的老百姓又要陷入水深火热之中，张爷爷的心脏受不了这么大的刺激。我们都没有打过仗，

我们总以为战争结束了,人们就可以走出战争的阴影。但是张爷爷始终没能摆脱战争的阴影,虽然在战争中平安存活下来,没想到,最后他仍然死于对战争的忧惧。

绘者感言

在我的绘画生涯当中，接触过各种不同的插画主题，其中有些是让我意想不到的题材。这次能为李校长的作品绘制插图，感到非常荣幸，而这也是自己第一次接触关于战争的题材。

我其实很不喜欢跟战争有关的事物，因为我认为战争是极少数人为了权力、利益，用冠冕堂皇的理由、不顾他人死活的手段，争权夺利之下的产物。倒霉的永远都是无辜的老百姓，以及被迫上战场的大头兵。一场仗打下来，一个赢家都没有。有时候不经意看到战争电影，没有一次不是一把鼻涕一把眼泪的。

当初在读这篇稿子时，情绪是有点激动的。我无法深刻地体会张爷爷的心情，也无法想象在经历过抗战、剿匪等大大小小的战役之后，能将一个人的身心伤害到什么程度。表面上在事情都过去之后，有规律的生活，有家庭，有人生，但是在内心深处，一定还是会常常浮现出当时惨烈的景象，即使闭着眼睛，也抹灭不去。

虽然这次故事的基调是哀伤的，流露出淡淡的哀愁与无奈，我在构思画面的时候，还是不由自主地想加入一些诙谐的元素，像是角落的小狗、一个令人莞尔的眼神，或是调皮的孩子们。画完之后，才发现我的画面一点都严肃不起来。我希望读者能透过我的绘画表达方式，用另一个角度来看待战争这个议题。

江长芳

End

我是谁

绘画◎唐治中

唐治中

1982生于台北,复兴商工、朝阳科技大学视觉传达设计系毕业。

创作是很自然的事情,也是另一种传达与沟通的方式。

很幸运的,除了用嘴巴说话,我遇到了铅笔、鼠标和数位板,让想说的、想表达的,可以用更有趣的方式呈现。

本来是想要过着公司小美工和接案的稳定生活,每个月有固定薪水和固定的上下班路径,但……现在的我却在一个截然不同的世界。

在大学时认识一个很冲的朋友,她有着特殊的技艺,年少轻狂的我们,燃起了心中的小宇宙,开始拿自己做的东西跑到创意市集,过着游牧般的创作生活。我们逐市集而居,跑到各处去做生意,去诉说我们作品的各种故事,一晃,过了多年。

本来只是单纯地画着,但随着时间流逝,创作的意义也慢慢清晰了。现在的我,想用各种方式讲故事给每个人听。让有些画面,能够印在某人心中的某个位置,慢慢地发酵。

前言

古老的希腊戴尔菲神殿门柱上刻着一句话：Know yourself，意思是"要了解自己、认识自己"。这句话后来也成为希腊哲学家苏格拉底的思想中心，他经常引用这句话来告诫世人。

为什么公元前四五百年，"了解自己"就被认为是一项重要的课题了呢？因为一个人最常相处的对象，就是自己。能一路跟着成长步伐、目睹人生高低起伏的，也是自己。所以，一个人最好的心灵导师，当然是自己。能够审视自己，就像是掌握了人生的舵，能将偏差的路途调整回适合自己的方向。

人都会有梦想或理想。但很多人在追求梦想的过程中，因为受到愈来愈多的注目，而渐渐迷失了自己，沉沦于掌声、呼声中，却遗忘了最初的信念和目标。

《我是谁》里的教宗也不例外，他把自己定位成宗教或人道团体的领袖，却忘了慈悲为怀才是他受人尊崇的主要原因。

故事里的天堂，象征着真正的人生价值。教宗的人生价值，不在于那些外在赋予的称号头衔，而是在他对需要帮助的人们无私地给与付出。你的呢？你的人生价值在哪里？好好扪心自问一下："我是谁？"相信将会为你的现在与未来找到答案。

李家同

从圣彼德大教堂里,一阵阵沉重的钟声传了出来,教宗去世了。

去世教宗的灵魂悠悠地到达了天堂,天堂里也有电视机,所以他可以看到地球上他葬礼的盛大场面。可是在天堂里,似乎一点动静也没有,他以为会有些欢迎的仪式,可是他在街上走来走去,没有一个人认识他。

走着走着,他看到了一个牌子"天堂报到处",他走了进去,里面的办事员笑嘻嘻地问他:"请问你是谁?""我是教宗,你看不出来吗?"

那位接待员在电脑终端机上打进了一些字,然后满脸困惑地告诉他:"找不到你的资料?"

教宗也糊涂了。他以为人人都认识他,他拥有到天堂的钥匙,怎么到了天堂,人家又说没有他的资料。

他想了一想,说出另一个比较小的头衔:某某地方的枢机主教,终端机上仍然表示查无此人。

教宗再给了一个头衔,某某地方的主教,仍然查无此人。最后,教宗想起了他曾在罗马乡下的孤儿院照顾贫穷的孩子,做了那里八年的本堂神父,当时大家叫他保罗神父。

"找到了,欢迎你,保罗神父,你的资料上说你是个仁慈的神父。多少贫穷的孩子曾感到了你的爱!"

教宗偷偷地看一下终端机上的文字,发现他的资料仅仅记载了他在孤儿院的经历,以后他做主教、枢机主教,甚至全世界天主教徒的精神领袖,这些都只字未提,完全空白。保罗神父倒抽一口冷气,拿出手帕来擦额头上的汗。

电视上传出了新闻快报,新教宗产生了。

保罗神父说:"我认识这个家伙,我要传个信息给他,叫他不要忘记他是谁。"

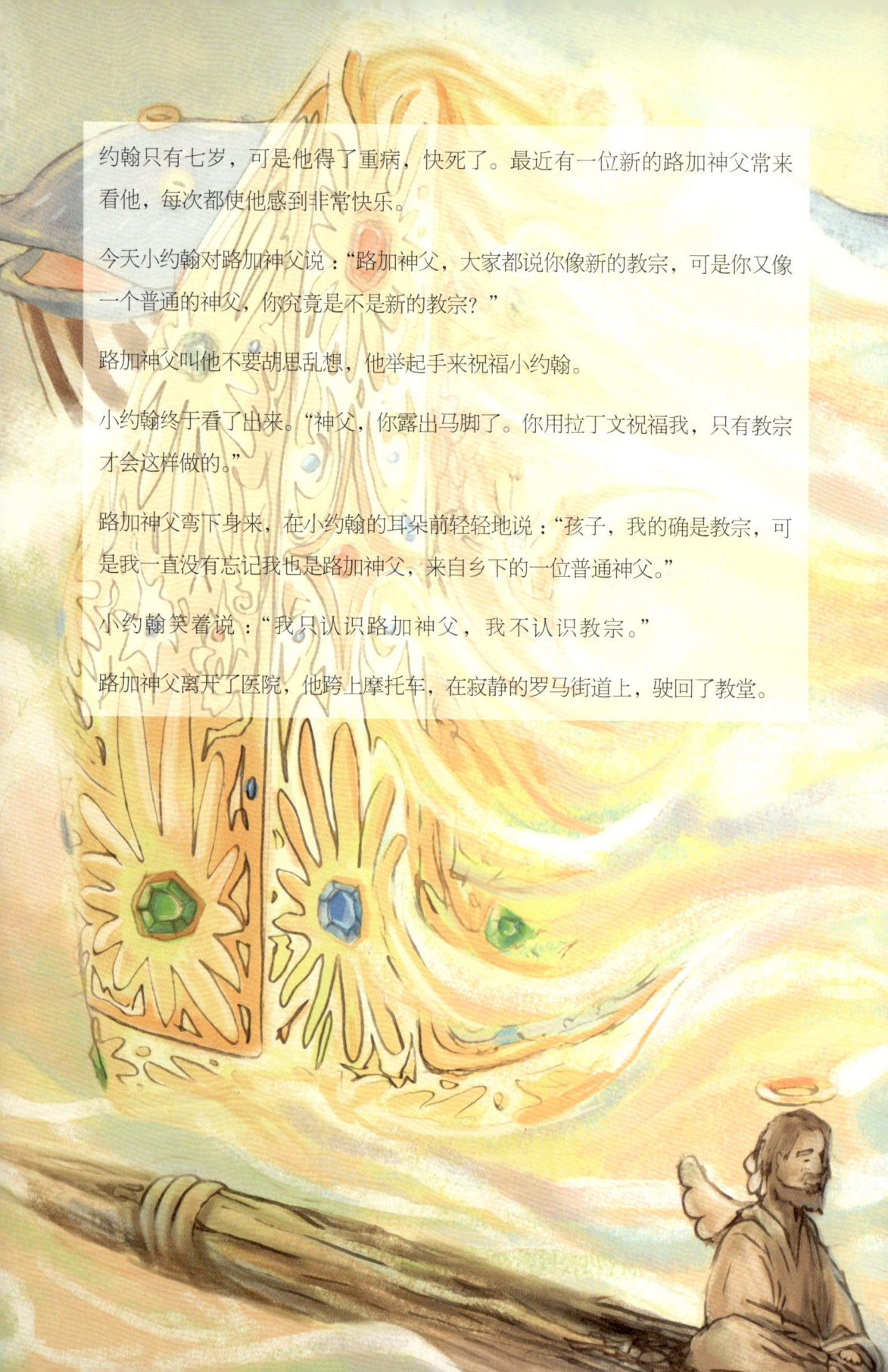

约翰只有七岁,可是他得了重病,快死了。最近有一位新的路加神父常来看他,每次都使他感到非常快乐。

今天小约翰对路加神父说:"路加神父,大家都说你像新的教宗,可是你又像一个普通的神父,你究竟是不是新的教宗?"

路加神父叫他不要胡思乱想,他举起手来祝福小约翰。

小约翰终于看了出来。"神父,你露出马脚了。你用拉丁文祝福我,只有教宗才会这样做的。"

路加神父弯下身来,在小约翰的耳朵前轻轻地说:"孩子,我的确是教宗,可是我一直没有忘记我也是路加神父,来自乡下的一位普通神父。"

小约翰笑着说:"我只认识路加神父,我不认识教宗。"

路加神父离开了医院,他跨上摩托车,在寂静的罗马街道上,驶回了教堂。

绘者感言

"我是谁?"

这个问题好短、好简单,但是我觉得好重要。

李教授的故事简单又深刻,有种貌似天堂的画面在文字间浮现,却又充满了对世界的担忧、对高位者的提醒与对弱势族群的心疼。

这次,李教授用一点点的反讽,点出人都会有的"自以为是"。他提醒着我们不要忘记自身根本的价值,那是和钻石一样耀眼的宝物。这颗钻石摸不着、看不见,当然也卖不掉,但是只要你诚心付出,人们一定可以真真切切地感受到它的存在。

看完这个故事,我彷佛看到每个人身边都有一个小天使,她默默地记录着你所说、所做的一切,并把你的付出呈报给天堂。

希望我的画面,可以丰富这个小品故事,并提醒每个自以为是的人,好好想一下这个问题——"我是谁?"

唐治中

End